PRÉCIEUX

OBJETS DE VITRINE

DU XVIIIe SIÈCLE

BOITES, ÉTUIS, MINIATURES

Appartenant à Monsieur X. Maurice Ephrussi

PARIS. — DÉCEMBRE 1911

PRÉCIEUX

OBJETS DE VITRINE

DU XVIIIe SIÈCLE

Appartenant à M. X...

CATALOGUE

DES

PRÉCIEUX

Objets de Vitrine

DU XVIIIe SIÈCLE

BOITES ET ÉTUIS EN OR CISELÉ ET ÉMAILLÉ

MONTRE

MINIATURES

Par HALL, LAWREINCE, CARBONARA, EDRIDGE, ETC.

Appartenant à Monsieur X... Maurice Ephrussi

DONT LA VENTE AUX ENCHÈRES PUBLIQUES AURA LIEU

HOTEL DROUOT, SALLE N° 10

LE SAMEDI 16 DÉCEMBRE 1911

à trois heures

COMMISSAIRE-PRISEUR

Me F. LAIR-DUBREUIL

6, rue Favart

EXPERTS

MM. PAULME & B. LASQUIN fils

10, rue Chauchat | 11, rue Grange-Batelière

PARIS

Chez lesquels se distribue le present Catalogue.

EXPOSITIONS

Le Vendredi 15 Décembre 1911, salle n° 10, de 1 h. 1/2 à 6 heures.
Et avant la Vente, le Samedi 16 Décembre 1911, de 1 h. 1/2 à 3 h.

CONDITIONS DE LA VENTE

Elle sera faite au comptant.

Les adjudicataires paieront *dix pour cent* en sus des enchères.

L'exposition mettant le public à même de se rendre compte de l'état et de la nature des objets, il ne sera admis aucune réclamation une fois l'adjudication prononcée.

NOTA. — L'ordre numérique sera rigoureusement suivi.

Paris. — Imp. de l'Art, Ch. Berger, 41, rue de la Victoire.

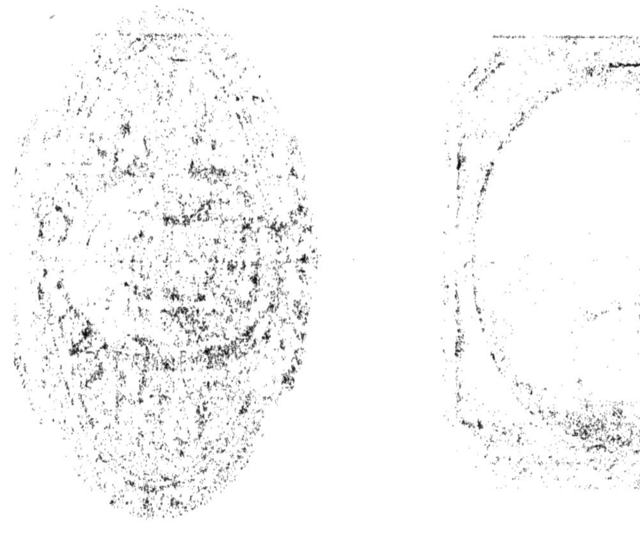

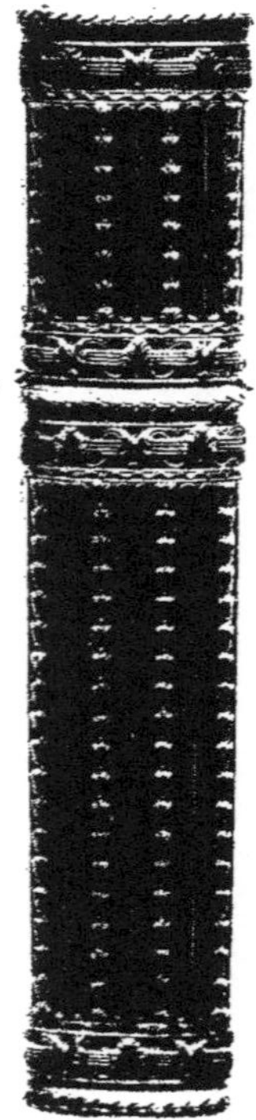

N° 4

N° 16

N° 25

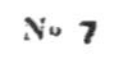

N° 7

DÉSIGNATION

1 — Montre a répétition en or ciselé et gravé, décorée au revers d'une rosace à godrons. Elle est marquée : *Dutertre, à Paris*. Époque Louis XV

Diam., 45 millim.

2 — Boitier de montre en or repoussé et ciselé, décor à personnages : Festin dans un palais, au centre de rocailles fleuries. Époque Louis XV.

Diam., 52 millim.

3 — CHATELAINE ET MONTRE en or ajouré, gravé et émaillé en couleur. Décor de médaillons à petits personnages et animaux. Le revers de la montre offre un amour dans un paysage, émaillé en couleur. Encadrement bleu et perles simulées. Genève, fin du XVIIIe siècle.

Haut. totale : 230 millim.

4 — ÉTUI A CIRE, de forme aplatie, en or de couleur ciselé. Décor de cannelures et baguettes de feuillages de laurier. Époque Louis XVI.

Haut., 124 millim.

5 — ÉTUI-NÉCESSAIRE, de forme contournée, en or repoussé et ciselé, muni de ses accessoires. Décor de figures allégoriques, rocailles et festons de fleurs. Il est enrichi de trois rubis. Époque Louis XV.

Haut., 105 millim.

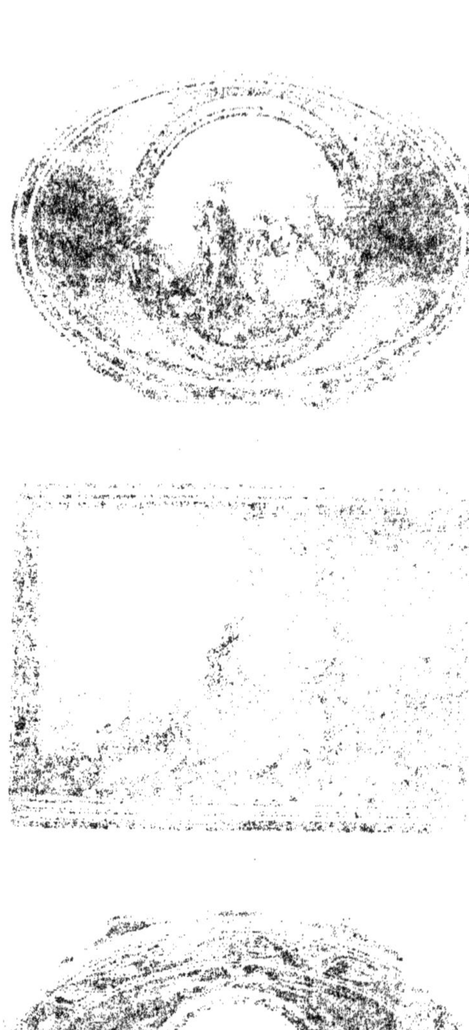

N° 18

N° 24

N° 8

6 — Couteau plat à deux lames pliantes, en or et en acier. Le manche, en or guilloché et émaillé en couleur, est décoré de rinceaux et entrelacs bleu et blanc ; orné au centre de chaque face d'un médaillon ovale, à sujet d'amour en camaïeu sur fond rose. Époque Louis XVI.

Haut., 105 millim.

7 — Étui a cire en or de couleur, ciselé, guilloché et émaillé gris perle, avec encadrement de filets d'émail blanc. Décor, festons de feuillages, avec pointes d'émaux de couleurs. Époque Louis XVI.

Haut., 116 millim.

8 — Grande boite ovale, ouvrant à charnière, en or ciselé, guilloché. Décor de bordures à entrelacs feuillagés ; au pourtour, quatre médaillons à attributs, et quatre consoles enguirlandées. Sur le dessus, médaillon ovale, à sujet mythologique, émaillé en grisaille. Époque Louis XVI.

Grand diam., 85 millim.
Petit diam., 60 millim.

9 — Face a main, de forme contournée, en or émaillé en plein. Décor à queue de paon sur fond bleu ; bordure d'émail blanc. Commencement du xixe siècle.

Long., 115 millim.

10 — Boite ovale, ouvrant à charnière, en or de couleur, guilloché et émaillé en couleurs. Décor de bordures à entrelacs et petits médaillons ovales à rosace. Sur le dessus, médaillon, à sujet allégorique, émaillé en couleur. Époque Louis XVI.

Grand diam., 76 millim.
Petit diam., 50 millim.

11 — Étui a tablettes rectangulaire, à angles coupés, en or guilloché, gravé et émaillé violet et vert. Il est décoré, sur chaque face, de deux médaillons émaillés en couleur, représentant une fillette tenant un livre, et un jeune garçon, d'après Greuze, et de petites gerbes de fleurs. Époque Louis XVI.

Haut., 78 millim.
Larg., 47 millim.

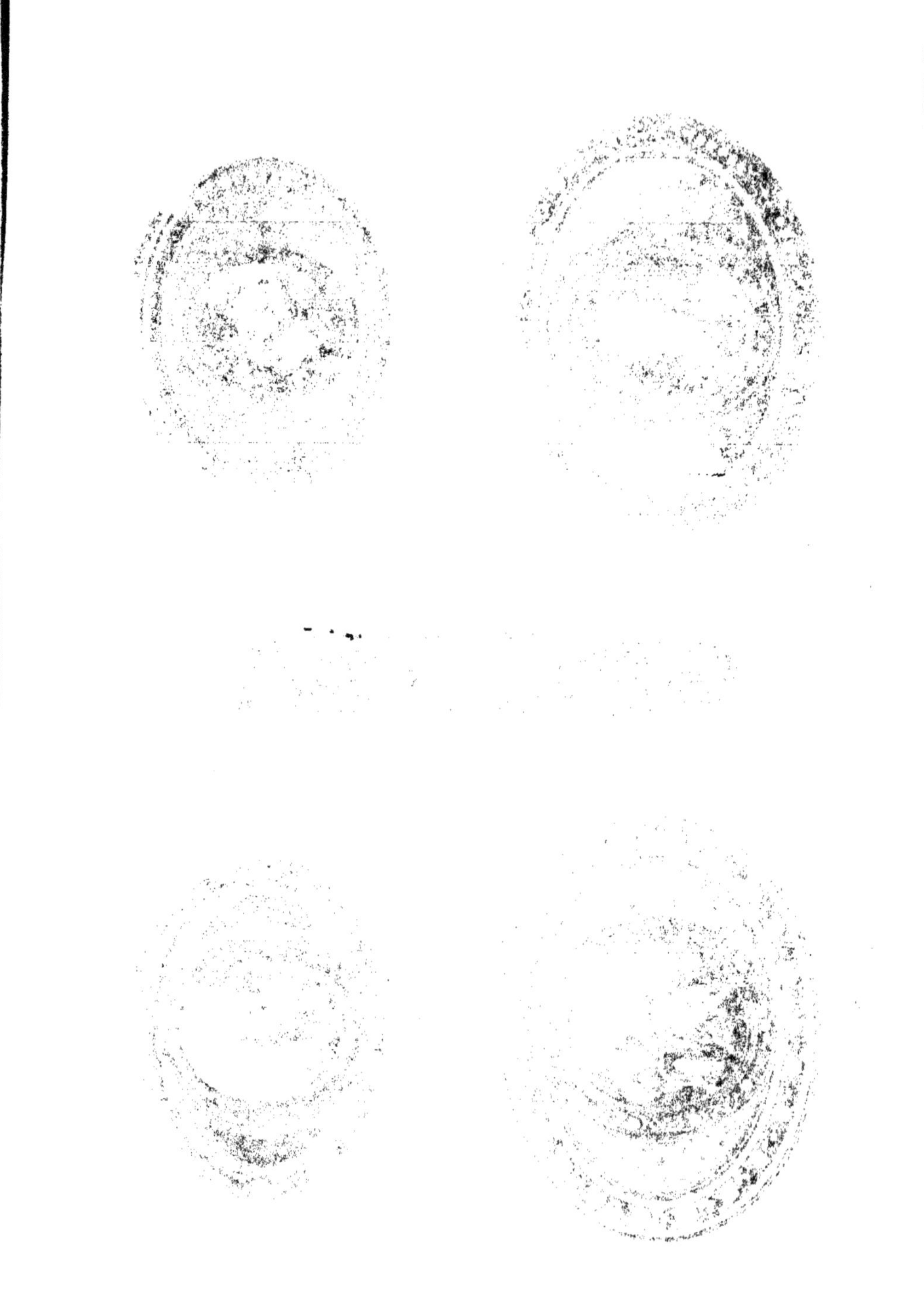

N° 10

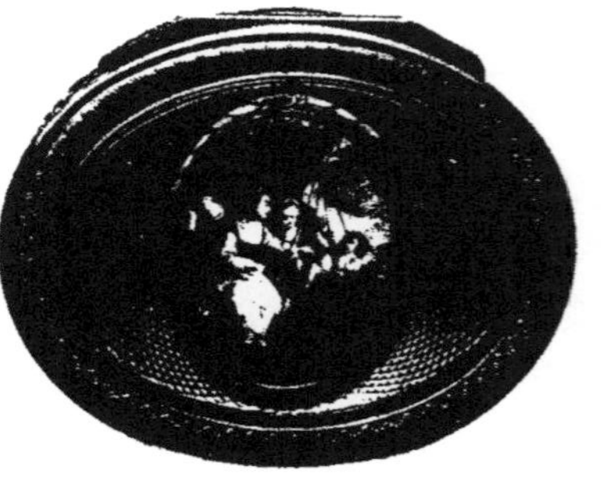

N° 14

N° 6

N° 20

N° 23

5.005 René Boivin

12 — Boite oblongue en or ciselé, à stries mouvementées; décorée sur toutes ses faces de branches feuillagées et fleuries, émaillées en couleur. Époque Louis XV.

Long., 60 millim.
Larg., 45 millim.

(*Vente Guilhou, n° 32. Mai 1906.*) 4.520

5.105 Hougeau

13 — Étui a tablettes, de forme rectangulaire, en or ciselé, guilloché et émaillé bleu. Décoré de bordures à enroulement de feuillages sur baguettes, et orné sur chaque face de deux petits médaillons émaillés en camaïeu rose : berger et bergère, et petits paysages. A l'intérieur, le porte-tablette, mobile, est orné sur une face d'une miniature ovale : Portrait de femme ; et sur l'autre, d'un chiffre en or, sur fond d'émail bleu. Époque Louis XVI.

Haut., 67 millim.
Larg., 51 millim.

1.600
Boivin

14 — Boite ovale, ouvrant à charnière, en or guilloché ciselé et émaillé gris clair. Décor de bordures à entrelacs et frise de feuillages ; au pourtour, quatre consoles. Elle est ornée sur le couvercle d'un petit médaillon peint en couleur sur émail : sujet pastoral, deux jeunes filles berçant un amour. Epoque Louis XVI. quelques retouches dans l'émail

Grand diam., 65 millim.

Petit diam., 51 millim.

780
Poupon

15 — Miniature ovale : Portrait présumé de l'une des sœurs de Napoléon Ier, par *Carbonara*. (Signée.) Cadre en or émaillé, à entrelacs sur fond bleu.

Haut. de la miniature, 66 millim.

Larg. de la miniature, 55 millim.

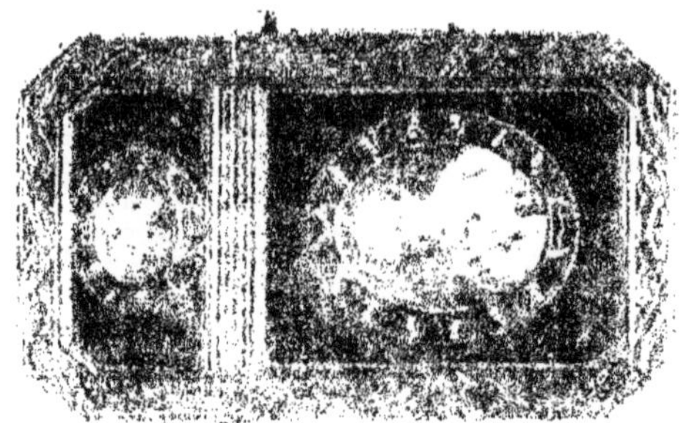

№ 13

№ 17. — [illegible]

№ 12

№ 11

4.060
Boivin

16 — Grande boite ovale, à deux tabacs, en or guilloché et ciselé, sur fond amati. Décor de bordures à entrelacs, médaillons à attributs et rocailles enguirlandées. Au centre de l'un des couvercles, médaillon ovale, orné d'une figure de l'Amour, sous un portique. Poussoir et médaillon enrichis de roses. Époque Louis XVI.

Grand diam., 90 millim.
Petit diam., 52 millim.

3.700

17 — Miniature ovale, par *Edridge :* Portrait d'une jeune femme, de trois quarts à droite. Elle est vêtue d'un corsage blanc décolleté, et parée d'un ruban dans la chevelure. xviiie siècle. Cadre médaillon en or.

Maurice Watel

Haut., 67 millim.
Larg., 53 millim.

18 — BOITE OVALE, ouvrant à charnière, en or guilloché, ciselé et émaillé bleu pointillé d'or. Bordures en émaux de couleur, avec filets blancs. Elle est ornée, sur le couvercle, d'un médaillon ovale, sujet à trois figures, peint en couleur sur émail. Époque Louis XVI.

Grand diam., 83 millim.
Petit diam., 61 millim.

19 — BOITE RECTANGULAIRE en or de couleur, ciselé. Décorée sur toutes ses faces de guirlandes, cordons de feuillages, et bouquets de fleurs émaillés en couleur. *Poinçon de Fouache, régisseur des droits de marque, 1778-1780.* Époque Louis XVI.

Long., 80 millim.
Larg., 39 millim.

(*Vente Guilhou, N° 29. Mai 1906.*)

N° 19

N° 22 — LAWREINCE (Nicolas)

N° 21

20 — Grande boite ovale en or ciselé, guilloché, émaillé fond bleu à œils de perdrix et pointillé ; bordure en émaux de couleurs, à fleurons et perles simulées. Sur le couvercle, médaillon ovale peint en couleur sur émail : Sujet biblique. *Poinçon de Clavel, régisseur général, 1780-1789*. Époque Louis XVI.

Grand diam., 84 millim.

Petit diam., 62 millim.

21 — Grande boite rectangulaire en or de couleur, ciselé. Décor par compartiments, de quadrillés, rosaces, guirlandes et sujets en bas-relief. Elle est ornée sur le couvercle d'un médaillon ovale peint sur émail, dans la manière de *Petitot* : Portrait présumé du duc d'Anjou. Époque Louis XVI.

Long., 80 millim.

Larg., 60 millim.

8.100 Stettiner pour Cognacq Musée Cognacq

22 — Boite ronde en écaille brune, montée et galonnée d'or, ornée sur le dessus d'une miniature peinte à la gouache par *Nicolas Lawreince* (signée du monogramme). Elle représente cinq baigneuses, nues, dans un paysage. Époque Louis XVI.

Diam., 75 millim.

12.150 René Boivin

23 — Grande boite ovale en or guilloché, ciselé et émaillé en couleur, décorée sur toutes ses faces de médaillons en camaïeu rose : sujets maritimes. Elle est ornée, sur le couvercle, d'un médaillon ovale peint en couleur sur émail, représentant Catherine II, Impératrice de Russie. Entourage de petits brillants. Époque Louis XVI. émail du dessous peut-être rafraîchi

Grand diam., 84 millim.

Petit diam., 63 millim.

9.100 Hodgkins

24 — Boite rectangulaire en or mouluré, montée à cage. Elle est décorée sur toutes ses faces de compositions à sujets pastoraux peints à la gouache, par *Charlier*. Époque Louis XVI.

Long., 80 millim.

Larg., 62 millim.

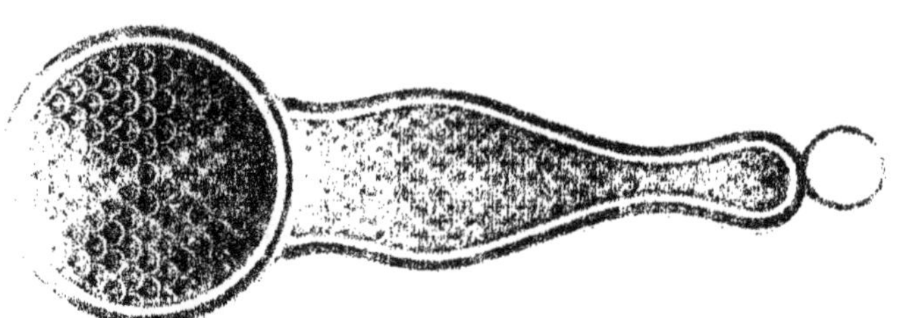

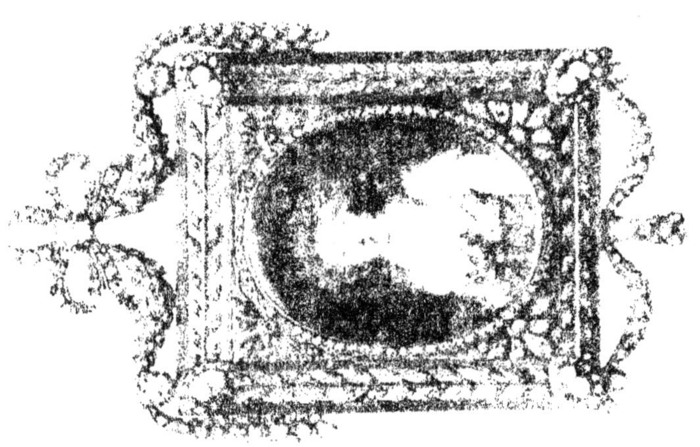

N° 5

N° 26. — Hall (P.-A.)

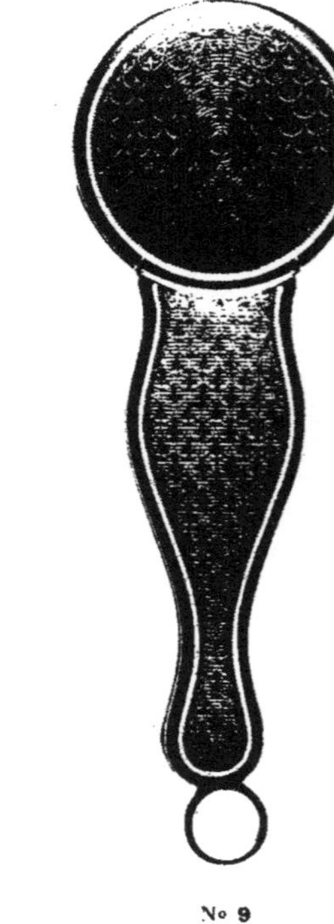

N° 9

25 — GRANDE BOITE RECTANGULAIRE A PANS COUPÉS, montée à cage, en or de couleur, guilloché, ciselé et partiellement émaillé. Elle est décorée sur toutes ses faces de bordures à feuillages, cannelures émaillées gris, et festons de fleurettes et feuillage. Sur le couvercle, une grande miniature ovale en largeur représentant deux enfants, fillette et garçon, d'après *Drouais*. Sur la gorge, on lit la marque gravée de : *Paul Robert, à Paris*. Époque Louis XVI.

Long., 80 millim.

Larg., 62 millim.

26 — MINIATURE OVALE, par *Hall* : Portrait de jeune femme, vue en buste, presque de face. Elle est vêtue d'un corsage rouge à manches de lingerie ; un fichu de linon retenu sur la poitrine par un bouquet de fleurs. La chevelure poudrée est ornée d'une rose.

Grand diam., 50 millim.

Petit diam., 40 millim.

Riche cadre en argent ajouré, à fronton, nœuds de ruban et guirlandes, enrichi de roses et de perles fines.

www.ingramcontent.com/pod-product-compliance
Ingram Content Group UK Ltd.
Pitfield, Milton Keynes, MK11 3LW, UK
UKHW021954260726
13994UKWH00004B/1739

9 782329 438894